Morphologie du latin

DIEUDONNE OWONA

ISBN : 9798829336578

SOMMAIRE

I. LA MORPHOLOGIE

1. Notion de morphologie

En linguistique, la **morphologie** doit étudier les types et la forme des mots en interne ou en externe.

L'étude des mots en **interne** rend compte des relations existant entre différentes formes d'un même mot. Toutes les formes d'un même verbe, par exemple, entretiennent mutuellement certaines relations : *chantes* est en relation avec *chanteras*, car ces deux formes ont en commun une valeur *2ᵉ personne* ; *chanteras* est en relation avec *chanterons*, puisqu'elles possèdent toutes les deux une valeur *futur*. On parle alors de **morphologie flexionnelle**.

En **externe**, la morphologie rend compte des relations qui existent entre différents mots du lexique. Une étude rapide de certains mots contenant le suffixe *-eur* met en évidence différents sens à attribuer à ce *morphème*. Si un *chanteur* est « une personne qui chante », un *écailleur* n'est pas « une personne qui écaille », mais « un instrument qui sert à écailler ». De même, un *détecteur* est à la fois une « personne qui détecte » et « un instrument qui sert à détecter ». Le suffixe *-eur* peut alors revêtir trois sens différents : « personne qui fait l'action du verbe », « instrument qui fait l'action du verbe », ou les deux à la fois. On parle donc de **morphologie dérivationnelle**.

2. Morphologie du latin

Il existe en latin neuf types de mots, donc neuf catégories grammaticales : le Nom, l'Adjectif, le Pronom, le Verbe, le Participe, l'Adverbe, la Préposition, la Conjonction et l'Interjection.

II. LE NOM

Le nom est un mot qui sert à nommer une personne ou une chose, comme **Pierre**, **Paul**, **livre**, **cahier**.

1. Le système nominal
Le système nominal latin comprend :
- des **thèmes nominaux**, fixes, de plusieurs types ;
- des **désinences**, variables.

Les désinences apportent trois principales caractérisations :

I	Le genre	Masculin
I	Le genre	Féminin
I	Le genre	Neutre
II	Le nombre	Singulier
II	Le nombre	Pluriel
III	Le cas	Nominatif
III	Le cas	Vocatif
III	Le cas	Accusatif
III	Le cas	Génitif
III	Le cas	Datif
III	Le cas	Ablatif

2. Les cas
Le Nom change la dernière syllabe, ou **désinence**, selon sa fonction ; ainsi, *rosa*, devient *rosae*, *rosam*, *rosarum*, *rosis*, *rosas* : ces différentes manières de terminer un nom, s'appellent **cas**. Les cas correspondent donc à des fonctions grammaticales précises :

CAS	FONCTION	EXEMPLE	TRADUCTION
N	Sujet ou attribut du sujet	***Rosa*** *pulchra est*	La rose est belle
V	Apostrophe	***Rosa****, pulchra es !*	O rose, tu es belle !
Ac	Complément de verbe	***Rosam*** *video*	Je vois la rose
G	Complément de nom	***Rosae*** *vita*	La vie de la rose
D	Complément d'attribution	***Rosae*** *vitam do*	Je donne la vie à la rose
Ab	Complément de circonstance	***Rosa*** *tabulam orno*	J'orne ma table d'une rose

3. Les classes nominales

Selon la nature de l'élément final du thème, on peut distinguer cinq grandes classes nominales :

I	II	III	IV	V
Thèmes terminés par la voyelle **-a-**	Thème à consonne + voyelle thématique **-e/o-**	Thèmes terminés -par une consonne -ou par la sonante **-y- (>i)**	Thèmes terminés par la so- nante **-w- (>u)**	Thèmes terminés par la voyelle longue **-e-**
*ros**a***, la rose Génitif singulier : *ros**ae***	*domin-**u-s**, le maître Génitif sg. : domin**i***	**homo**, l'homme *civi-**s***, le ci- toyen Gén. sg. : *homin**is*** *civ**is***	*manu-**s***, la main Gén. sg. : *man**us***	*die-**s***, le jour Gén. sg. : *di**ei***

Sont en rapport avec ces cinq classes nominales :
- ➤ La déclinaison des noms
- ➤ La déclinaison des adjectifs.
- ➤ La déclinaison des participes.
- ➤ La déclinaison des pronoms.

4. Modèles généraux des cinq déclinaisons

Suivant les cinq classes nominales sus-citées, il existe cinq principales déclinaisons :

Déclinaison	Modèle	Genre
I	*rosa, rosae*, f., la rose	noms féminins ; quelques masculins
II	-*dominus, domini*, m., le maître de maison ; - *templum, templi*, n., le temple	noms masculins en **-us** et neutres en **-um** ; quelques féminins
III	-*homo, hominis*, m., l'homme - *nomen, nominis*, n., le nom	noms des trois genres ; masculins et féminins comme *homo* ; neutres, comme *nomen* ; le radical (partie du mot précédant le **-is** du Gén. sg.) se termine par une consonne, et sert de base à toute la déclinaison, sauf aux Nom. et Voc. sg., et à l'Acc. n. sg.)
IV	*manus, manus*, f., la main	noms féminins et masculins ; quelques neutres en **-u, -us**
V	*dies, diei*, m. f., le jour	noms masculins et féminins

5. Tableau général des déclinaisons

Le tableau général des déclinaisons ci-après permet de remarquer ce qui rapproche, d'une part les types I et II, d'autre part les types III et IV :

	I	II		III		IV	V
	fém.	masc.	neutre	m. - f.	neutre	m. - f.	m. - f.
Singulier							
N	*rosa*	*dominus*	*templum*	*homo*	*nomen*	*manus*	*dies*
V	*rosa*	*domine*	*templum*	*homo*	*nomen*	*manus*	*dies*
Ac	*rosam*	*dominum*	*templum*	*hominem*	*nomen*	*manum*	*diem*
G	*rosae*	*domini*	*templi*	*hominis*	*nominis*	*manus*	*diei*
D	*rosae*	*domino*	*templo*	*homini*	*nomini*	*manui*	*diei*
Ab	*rosa*	*domino*	*templo*	*homine*	*nomine*	*manu*	*die*
Pluriel							
N	*rosae*	*domini*	*templa*	*homines*	*nomina*	*manus*	*dies*
V	*rosae*	*domini*	*templa*	*homines*	*nomina*	*manus*	*dies*
Ac	*rosas*	*dominos*	*templa*	*homines*	*nomina*	*manus*	*dies*
G	*rosarum*	*dominorum*	*templorum*	*hominum*	*nominum*	*manuum*	*dierum*
D	*rosis*	*dominis*	*templis*	*hominibus*	*nominibus*	*manibus*	*diebus*
Ab	*rosis*	*dominis*	*templis*	*hominibus*	*nominibus*	*manibus*	*diebus*

6. Les noms masculins de la déclinaison I

Les noms de la déclinaison I sont féminins, sauf :

Des noms de profession	Des noms propres
agricola, ae, m. : le paysan *incola, ae,* m. : l'habitant *auriga, ae,* m. : le cocher *nauta, ae,* m. : le matelot *athleta, ae,* m. : l'athlète *poeta, ae,* m. : le poète	*Numa, ae,* m. *Catilina, ae,* m. *Sylla, ae,* m. *Proca, ae,* m.

7. Les noms féminins de la déclinaison II

Les noms de la déclinaison II sont masculins, sauf :

Des noms féminins	Quelques noms neutres	Des noms latins issus du grec
Noms d'arbre *malus, i,* f. : le pommier *pirus, i,* f. : le poirier *fagus, i,* f. : le hêtre **Noms de ville ou de pays** *Aegyptus, i,* f. : l'Egypte *Tyrus, i,* f. : le Tyr *Corinthus, i,* f. : Corinthe	*pelagus, i,* n. : la mer *vulgus, i,* n. : la foule *virus, i,* n. : le venin	**Noms propres en *-os*** *Delos, i,* f. : Delos / Delon **Noms neutres en *-on*** *Ilion, ii,* n. **Noms propres en *-eus*** *Perseus, i,* m.

8. Les noms en *-er* de la déclinaison II

Certains noms de la déclinaison II présentent aux Nom. et Voc. m. sg. une désinence en ***-er*** et non en ***-us,*** par exemple :

> *ager, agri,* m. : le champ (perd le ***-e-*** devant le ***-r-***, sauf aux Nom. et Voc. sg.) ;

> *puer, pueri,* m. : l'enfant (garde le ***-e-*** devant le ***-r-*** à tous les cas) ;

> *vir, viri,* m. : l'homme (un nom isolé).

	Singulier			Pluriel		
N	*ager*	*puer*	*vir*	*agri*	*pueri*	*viri*
V	*ager*	*puer*	*vir*	*agri*	*pueri*	*viri*
Ac	*agrum*	*puerum*	*virum*	*agros*	*pueros*	*viros*
G	*agri*	*pueri*	*viri*	*agrorum*	*puerorum*	*virorum*
D	*agro*	*puero*	*viro*	*agris*	*pueris*	*viris*
Ab	*agro*	*puero*	*viro*	*agris*	*pueris*	*viris*

9. Les noms en *-i-* de la déclinaison III

Certains modèles de la déclinaison III présentent quelques formes en *-i-* (traces d'une déclinaison vocalique), avec Acc. pl. m. et f. en **-es** ou **-is** ; Gén. pl. des trois genres en **-ium** ; Nom., Voc., Acc. n. pl. en **-ia** :

> - *civis, civis*, m. : le citoyen (masculins et féminins parisyllabiques en **-is, -is**) ;
> - *mons, montis*, m. : la montagne (masculins et féminins, dont le **-is** du génitif est précédé de 2 consonnes) ;
> - *caedes, caedis*, f. : le meurtre (quelques parisyllabiques en **-es, -is**, surtout féminins) ;
> - *mare, maris*, n. : la mer (quelques noms neutres en **-e, -al, -ar**).

	Singulier				Pluriel			
	masculin-féminin			neutre	masculin-féminin			neutre
N	*civis*	*mons*	*caedes*	*mare*	*cives*	*montes*	*caedes*	*maria*
V	*civis*	*mons*	*caedes*	*mare*	*cives*	*montes*	*caedes*	*maria*
Ac	*civem*	*montem*	*caedem*	*mare*	*cives*	*montes*	*caedes*	*maria*
G	*civis*	*montis*	*caedis*	*maris*	*civium*	*montium*	*caedium*	*marium*
D	*civi*	*monti*	*caedi*	*mari*	*civibus*	*montibus*	*caedibus*	*maribus*
Ab	*cive*	*monte*	*caede*	*mari*	*civibus*	*montibus*	*caedibus*	*maribus*

10. Les noms irréguliers de la déclinaison IV

Certains noms de la déclinaison IV présentent des irrégularités :

> - *genu, genus*, n. : le genou (Nom. sg. en **-u** et non en **-us**)
> - *domus, domus*, f. : la maison (emprunte certaines formes à la déclinaison II).

	Singulier		Pluriel	
Nom.	*genu*	*domus*	*genua*	*domus*
Voc.	*genu*	*domus*	*genua*	*domus*
Acc.	*genu*	*domus*	*genua*	*domos / domus*
Gén.	*genus*	*domi / domus*	*genuum*	*domorum / domuum*
Dat.	*genui*	*domo / domui*	*genibus*	*domibus*
Abl.	*genu*	*domo / domu*	*genibus*	*domibus*

11. Les noms d'origine grecque

Plusieurs noms d'origine grecque ont été latinisés et présentent donc une déclinaison régulière. Quelques-uns ont une déclinaison mi-grecque mi-latine au singulier ; le pluriel, s'il existe, est régulier.

- *epitome (epitoma), epitomes (epitomae),* f. : un abrégé, un extrait
- *Electra (Aelectra), Electrae,* f. : Electre
- *Alcmene (Alcumena), ae,* f. : Alcmène
- *Aeneas, ae,* f. : Enée
- *musice, musices (musicae),* f. : la musique
- *Perses, ae,* m. : Persée
- *Andromache, ae,* f. : Andromaque
- *cometes, ae,* m. : comète
- *Aenades, ae,* m. : fils d'Enée, descendant d'Enée
- *Anchises, ae,* m. : Anchise

	Féminin	Féminin	Féminin	Masculin	Féminin
N	*epitoma (-e)*	*Electra*	*Alcmene (-a)*	*Aeneas*	*musice (-a)*
V	*epitoma (-e)*	*Electra*	*Alcmene (-a)*	*Aenea*	*musice (-a)*
Ac	*epitomam (-en)*	*Electram (-an)*	*Alcmenen (-am)*	*Aeneam (-an)*	*musicen (-am)*
G	*epitomae (-es)*	*Electrae*	*Alcmenes (-ae)*	*Aeneae*	*musices (-ae)*
D	*epitomae*	*Electrae*	*Alcmenae*	*Aeneae*	*musices (-ae)*
Ab	*epitoma (-e)*	*Electra*	*Alcmene (-a)*	*Aenea*	*musice (-a)*

	Féminin	Féminin	Masculin	Masculin	Masculin
N	*Perses*	*Andromache (-a)*	*cometes (-a)*	*Aeneades (-a)*	*Anchises*
V	*Perse (-a)*	*Andromache (-a)*	*comete (-a)*	*Aeneade (-a)*	*Anchise (-a)*
Ac	*Persen (-am)*	*Andromachen (-am)*	*cometen (-am)*	*Aeneaden (-am)*	*Anchisen (-am)*
G	*Persae*	*Andromaches (-ae)*	*cometae*	*Aeneadae*	*Anchisae*
D	*Persae*	*Andromachae*	*cometae*	*Aeneadae*	*Anchisae*
Ab	*Perse (-a)*	*Andromache (-a)*	*comete (-a)*	*Aeneade (-a)*	*Anchise (-a)*

III. L'ADJECTIF

L'Adjectif est un mot qui s'ajoute au nom pour marquer la qualité d'une personne ou d'une chose, comme **bon** père, **bonne** mère, **beau** livre, **belle** figure. Bon, beau, bonne, belle, sont des **adjectifs qualificatifs** : ils se déclinent en latin, et ils ont les trois genres, masculin, féminin et neutre.

1. Les adjectifs qualificatifs de la classe I

Il existe deux classes d'adjectifs qualificatifs. Les adjectifs de la classe I relèvent des déclinaisons I et II. Exemple :

bonus, bona, bonum : bon

	Singulier			Pluriel		
	masculin	féminin	neutre	masculin	féminin	neutre
N	*bonus*	*bona*	*bonum*	*boni*	*bonae*	*bona*
V	*bone*	*bona*	*bonum*	*boni*	*bonae*	*bona*
Ac	*bonum*	*bonam*	*bonum*	*bonos*	*bonas*	*bona*
G	*boni*	*bonae*	*boni*	*bonorum*	*bonarum*	*bonorum*
D	*bono*	*bonae*	*bono*	*bonis*	*bonis*	*bonis*
Ab	*bono*	*bona*	*bono*	*bonis*	*bonis*	*bonis*

2. Les adjectifs qualificatifs en *-er*

Certains adjectifs de la classe I ont, comme les noms *ager* et *puer*, leurs Nom. et Voc. m. sg. en **-er** et se distinguent du modèle général en **-us**. Exemples :

> *pulcher, pulchra, pulchrum :* beau (**-e-** disparait devant **-r-**, sauf aux Nom. et Voc. sg.) ;

> *miser, misera, miserum :* malheureux (**-e-** maintient se devant **-r-**, à toutes les formes).

	Singulier			Pluriel		
	masculin	féminin	neutre	masculin	féminin	neutre
Pulcher						
N	*pulcher*	*pulchra*	*pulchrum*	*pulchri*	*pulchrae*	*pulchra*
V	*pulcher*	*pulchra*	*pulchrum*	*pulchri*	*pulchrae*	*pulchra*
Ac	*pulchrum*	*pulchram*	*pulchrum*	*pulchros*	*pulchras*	*pulchra*
G	*pulchri*	*pulchrae*	*pulchri*	*pulchrorum*	*pulchrarum*	*pulchrorum*
D	*pulchro*	*pulchrae*	*pulchro*	*pulchris*	*pulchris*	*pulchris*
Ab	*pulchro*	*pulchra*	*pulchro*	*pulchris*	*pulchris*	*pulchris*
Miser						
N	*miser*	*misera*	*miserum*	*miseri*	*miserae*	*misera*
V	*miser*	*misera*	*miserum*	*miseri*	*miserae*	*misera*
Ac	*miserum*	*miseram*	*miserum*	*miseros*	*miseras*	*misera*
G	*miseri*	*miserae*	*miseri*	*miserorum*	*miserarum*	*miserorum*
D	*misero*	*miserae*	*misero*	*miseris*	*miseris*	*miseris*
Ab	*misero*	*misera*	*misero*	*miseris*	*miseris*	*miseris*

3. Les adjectifs qualificatifs de la classe II

Les adjectifs de la classe II relèvent de la déclinaison III. Les adjectifs comparatifs et quelques adjectifs de la classe II suivent la déclinaison III consonantique (Abl. sg. en **-e** ; Gén. pl. en **-um** ; Nom., Voc., Acc. n. pl. en **-a**). Exemple :

melior, melior, melius : meilleur.

	Singulier			Pluriel		
	masculin	féminin	neutre	masculin	féminin	neutre
N	*melior*	*melior*	*melius*	*meliores*	*meliores*	*meliora*
V	*melior*	*melior*	*melius*	*meliores*	*meliores*	*meliora*
Ac	*meliorem*	*meliorem*	*melius*	*meliores*	*meliores*	*meliora*
G	*melioris*	*melioris*	*melioris*	*meliorum*	*meliorum*	*meliorum*
D	*meliori*	*meliori*	*meliori*	*melioribus*	*melioribus*	*melioribus*
Ab	*meliore*	*meliore*	*meliore*	*melioribus*	*melioribus*	*melioribus*

4. Les adjectifs en *-is, -is, -e*

Les adjectifs en **-is, -is, -e** (à l'instar de *fortis, -is, -e :* courageux) se déclinent :

> ➤ au masculin et au féminin comme *civis* (sauf à l'ablatif singulier qui est en **-i)**
> ➤ au neutre comme *mare.*

	Masculin	**Féminin**	**Neutre**
	Singulier		
N	*fortis*	*fortis*	*forte*
V	*fortis*	*fortis*	*forte*
Ac	*fortem*	*fortem*	*forte*
G	*fortis*	*fortis*	*fortis*
D	*forti*	*forti*	*forti*
Ab	*forti*	*forti*	*forti*
	Pluriel		
N	*fortes*	*fortes*	*fortia*
V	*fortes*	*fortes*	*fortia*
Ac	*fortes*	*fortes*	*fortia*
G	*fortium*	*fortium*	*fortium*
D	*fortibus*	*fortibus*	*fortibus*
Ab	*fortibus*	*fortibus*	*fortibus*

5. Les adjectifs en *-er, -is, -e*

Les adjectifs en *-er, -is, -e* (comme *acer, acris, acre* : violent) se déclinent comme *fortis, -is, -e,* sauf aux Nom. et Voc. m. sg.

	Masculin	Féminin	Neutre
	Singulier		
N	*acer*	*acris*	*acre*
V	*acer*	*acris*	*acre*
Ac	*acrem*	*acrem*	*acre*
G	*acris*	*acris*	*acris*
D	*acri*	*acri*	*acri*
Ab	*acri*	*acri*	*acri*
	Pluriel		
N	*acres*	*acres*	*acria*
V	*acres*	*acres*	*acria*
Ac	*acres*	*acres*	*acria*
G	*acrium*	*acrium*	*acrium*
D	*acribus*	*acribus*	*acribus*
Ab	*acribus*	*acribus*	*acribus*

6. Les adjectifs en *-ens*

Les adjectifs de la classe II en *-ens* (comme *prudens, -ens, -ens* : sage) présentent une seule désinence au Nominatif pour les trois genres. L'Abl. sg. est en *-e* si l'adjectif se rapporte à un nom de personne, mais en *-i* dans les autres cas.

	Masculin	Féminin	Neutre
	Singulier		
N	*prudens*	*prudens*	*prudens*
V	*prudens*	*prudens*	*prudens*
Ac	*prudentem*	*prudentem*	*prudentem*
G	*prudentis*	*prudentis*	*prudentis*
D	*prudenti*	*prudenti*	*prudenti*
Ab	*prudente*	*prudente*	*prudenti*
	Pluriel		
N	*prudentes*	*prudentes*	*prudentia*
V	*prudentes*	*prudentes*	*prudentia*
Ac	*prudentes*	*prudentes*	*prudentia*
G	*prudentium*	*prudentium*	*prudentium*
D	*prudentibus*	*prudentibus*	*prudentibus*
Ab	*prudentibus*	*prudentibus*	*prudentibus*

7. Déclinaison de *vetus*

Certains adjectifs de la classe II (comme *vetus, vetus, vetus* : vieux) présentent les mêmes formes aux trois genres, mais suivent la règle des neutres.

	Singulier			Pluriel		
	masculin	féminin	neutre	masculin	féminin	neutre
N	*vetus*	*vetus*	*vetus*	*veteres*	*veteres*	*vetera*
V	*vetus*	*vetus*	*vetus*	*veteres*	*veteres*	*vetera*
Ac	*veterem*	*veterem*	*veterus*	*veteres*	*veteres*	*vetera*
G	*veteris*	*veteris*	*veteris*	*veterum*	*veterum*	*veterum*
D	*veteri*	*veteri*	*veteri*	*veteribus*	*veteribus*	*veteribus*
Ab	*vetere*	*vetere*	*vetere*	*veteribus*	*veteribus*	*veteribus*

8. Déclinaison de *totus*

Quelques adjectifs, essentiellement des indéfinis, se déclinant comme *bonus*, ont aux trois genres, un Gén. sg. en **-ius**, et un Dat. sg. en **-i**, caractéristiques de la déclinaison des déterminants et des pronoms. Exemple : *totus, tota, totum* : tout.

	Singulier			Pluriel		
	masculin	féminin	neutre	masculin	féminin	neutre
N	*totus*	*tota*	*totum*	*toti*	*totae*	*tota*
V	*tote*	*tota*	*totum*	*toti*	*totae*	*tota*
Ac	*totum*	*totam*	*totum*	*totos*	*totas*	*tota*
G	*totius*	*totius*	*totius*	*totorum*	*totarum*	*totorum*
D	*toti*	*toti*	*toti*	*totis*	*totis*	*totis*
Ab	*toto*	*tota*	*toto*	*totis*	*totis*	*totis*

9. Les adjectifs comparatifs et superlatifs réguliers

Pour former régulièrement les adjectifs comparatifs et superlatifs, la désinence *-i*, ou *-is* du Gén. m. sg. de l'adjectif positif est remplacée par le suffixe :

-ior, -ius pour le comparatif (déclinaison : *melior*) ;

-issimus, a, um pour le superlatif. (déclinaison : *bonus*).

Exemple :

➢ *doctus, docti* : savant

➢ *doctior, doctior, doctius* : plus savant

➢ *doctissimus, a, um* : le plus savant/très savant.

	Singulier			Pluriel		
	masculin	féminin	neutre	masculin	féminin	neutre
comparatif						
Nom.	*doctior*	*doctior*	*doctius*	*doctiores*	*doctiores*	*doctiora*
Voc.	*doctior*	*doctior*	*doctius*	*doctiores*	*doctiores*	*doctiora*
Acc.	*doctiorem*	*doctiorem*	*doctius*	*doctiores*	*doctiores*	*doctiora*
Gén.	*doctioris*	*doctioris*	*doctioris*	*doctiorum*	*doctiorum*	*doctiorum*
Dat.	*doctiori*	*doctiori*	*doctiori*	*doctioribus*	*doctioribus*	*doctioribus*
Abl.	*doctiore*	*doctiore*	*doctiore*	*doctioribus*	*doctioribus*	*doctioribus*
superlatif						
Nom.	*doctissimus*	*doctissima*	*doctissimum*	*doctissimi*	*doctissimae*	*doctissima*
Voc.	*doctissime*	*doctissima*	*doctissimum*	*doctissimi*	*doctissimae*	*doctissima*
Acc.	*doctissimum*	*doctissimam*	*doctissimum*	*doctissimos*	*doctissimas*	*doctissima*
Gén.	*doctissimi*	*doctissimae*	*doctissimi*	*doctissimorum*	*doctissimarum*	*doctissimorum*
Dat.	*doctissimo*	*doctissimae*	*doctissimo*	*doctissimis*	*doctissimis*	*doctissimis*
Abl.	*doctissimo*	*doctissima*	*doctissimo*	*doctissimis*	*doctissimis*	*doctissimis*

10. Comparatifs et superlatifs différents du positif

Certains adjectifs comparatifs et superlatifs correspondent à des positifs de radical différent :

Positif	Comparatif	Superlatif
bonus, a, um : bon	*melior, melius* : meilleur	*optimus, a, um* : le meilleur
parvus, a, um : petit"	*minor, minus* : plus petit	*minimus, a, um* : le plus petit
magnus a, um : grand	*major, majus* : plus grand	*maximus, a, um* : le plus grand
malus, a, um : mauvais	*pejor, pejus* : pire	*pessimus, a, um* : le plus mauvais
multi, ae, a : nombreux	*plures, plura* : plus nombreux	*plurimi, ae, a* : la plupart

11. Comparatifs et superlatifs sans positifs

Certains comparatifs et superlatifs, sans positifs, correspondent à des prépositions ou adverbes :

Positif	Comparatif	Superlatif
prope : près de	*propior, propius* : plus proche	*proximus, a, um* : le plus proche
infra : en dessous de	*inferior, -ius* : inférieur	*infimus, a, um* : infime
supra : au dessus de	*superior, -ius* : supérieur	*supremus, a, um* : suprême
extra : hors de	*exterior, -ius* : extérieur	*extremus, a, um* : extrême
intra : à l'intérieur de	*interior, -ius* : intérieur	*intimus, a, um* : intime
ultra : au delà de	*ulterior, -ius* : ultérieur	*ultimus, a, um* : ultime
citra : en deçà de	*citerior, -ius* : citérieur	-
prae : devant	*prior, -ius* : le premier de deux	*primus, a, um* : le premier de tous

12. Superlatifs irréguliers

Les adjectifs en **-er** et quelques adjectifs en **-lis** ont seulement leur superlatif irrégulier : en **-rimus** pour les adjectifs en **-er, -i / -er, -ris**, et en **-limus** pour quelques adjectifs en **-lis -is**.

Positif	Comparatif	Superlatif
miser, malheureux	*miser***ior**, **-ius**	*miser***rimus, a, um**
acer, aigu	*acr***ior, ius**	*acer***rimus, a, um**
facilis, facile	*facil***ior, ius**	*facil***limus, a, um**

13. Degrés de comparaison irréguliers

Les adjectifs en **-dicus, -ficus, -volus**, forment leurs degrés de comparaison à l'aide des suffixes **-entior, -entissimus**, et certains adjectifs à l'aide des adverbes *magis* et *maxime*.

Positif	Comparatif	Superlatif
*male***dicus**, médisant	*maledic***entior, -ius**	*maledic***entissimus, a, um**
*bene***volus**, bienveillant	*benevol***entior, ius**	*benevol***entissimus, a, um**
*egreg***ius**, remarquable	**magis** *egregius, a, um*	**maxime** *egregius, a, um*

14. Les adjectifs numéraux

Parmi les adjectifs numéraux, seuls se déclinent :
- ➤ les centaines des numéraux cardinaux, à partir de *ducenti, -ae, -a* : 200 ;
- ➤ tous les ordinaux ;
- ➤ les trois premiers cardinaux ; et *mille*.

Chiffres romains	Chiffres arabes	Numéraux cardinaux	Numéraux ordinaux	Distributifs
I	1	*unus, a, um*	*prior, prius*	*singuli, ae, a*
II	2	*duo, duae, duo*	*secundus, a, um*	*bini, ae, a*
III	3	*tres, tria,*	*tertius, a, um*	*terni, ae, a*
IV	4	*quattuor*	*quartus, a, um*	*quaterni, ae, a*
V	5	*quinque*	*quintus, a, um*	*quini, ae, a*
VI	6	*sex*	*sextus, a, um*	*seni, ae, a*
VII	7	*septem*	*septimus, a, um*	*septeni, ae, a*
VIII	8	*octo*	*octauus, a, um*	*octoni, ae, a*
IX	9	*novem*	*nonus, a, um*	*noveni, ae, a*
X	10	*decem*	*decimus, a, um*	*deni, ae, a*

XI	11	*undecim*	*undecimus, a, um*	
XII	12	*duodecim*	*duodecimus, a, um*	*undeni, ae, a*
XIII	13	*tredecim*	*tertius decimus*	*etc.*
XIV	14	*quattuordecim*	*quartus decimus*	
XV	15	*quindecim*	*quintus decimus*	
XVI	16	*sedecim*	*sextus decimus*	
XVII	17	*septemdecim*	*septimus decimus*	
XVIII	18	*duodeviginti*	*duodevicesimus*	
XIX	19	*undeviginti*	*undevicesimus*	
XX	20	*viginti*	*vicesimus*	
XXI	21	*viginti unus*	*vicesimus primus*	
XXII	22	*viginti duo*	*vicesimus secundus*	
etc.	etc.	*etc.*	*etc.*	
XXVIII	28	*duodetriginta*	*duodetricesimus*	
XXIX	29	*undetriginta*	*undetricesimus*	
XXX	30	*triginta*	*tricesimus*	
XL	40	*quadraginta*	*quadragesimus*	
L	50	*quinquaginta*	*quinquagesimus*	
LX	60	*sexaginta*	*sexagesimus*	
LXX	70	*septuaginta*	*septuagesimus*	
LXXX	80	*octoginta*	*octogesimus*	
XC	90	*nonaginta*	*nonagesimus*	
C	100	*centum*	*centesimus*	
CC	200	*ducenti, ae, a*	*ducentesimus*	
CCC	300	*trecenti, ae, a*	*trecentesimus*	
CD	400	*quadringenti, ae, a*	*quadringentesimus*	
D	500	*quingenti, ae, a*	*quingentesimus*	
DC	600	*sescenti, ae, a*	*sescentesimus*	
DCC	700	*septingenti, ae, a*	*septingentesimus*	
DCCC	800	*octingenti, ae, a*	*octingentesimus*	
DCCCC	900	*nongenti, ae, a*	*nongentesimus*	
M	1000	*mille*	*millesimus*	
MM	2000	*duo milia*	*bis millesimus*	
etc.	etc.	*etc.*	*etc.*	

15. Déclinaison des adjectifs numéraux cardinaux

Seuls se déclinent les trois premiers cardinaux et *mille* :

➢ *unus, una, unum* : un ;

➢ *duo, duae, duo* : deux ;

➢ *tres, tria* : trois ;

➢ *milia* : des milliers.

	unus, a, um			duo, duae, duo			tres, tres, tria		milia
	m.	f.	n.	m.	f.	n.	m.f.	n.	m.f.n.
N	*unus*	*una*	*unum*	*duo*	*duae*	*duo*	*tres*	*tria*	*milia*
V	-	-	-	-	-	-	-	-	-
Ac	*unum*	*unam*	*unum*	*duos*	*duas*	*duo*	*tres*	*tria*	*milia*
G	*unius*	*unius*	*unius*	*duo-rum*	*dua-rum*	*duo-rum*	*trium*	*trium*	*mi-lium*
D	*uni*	*uni*	*uni*	*duobus*	*duabus*	*duobus*	*tri-bus*	*tri-bus*	*mili-bus*
Ab	*uno*	*una*	*uno*	*duo-bus*	*dua-bus*	*duo-bus*	*tri-bus*	*tri-bus*	*mili-bus*

IV. LE PRONOM

Le Pronom est un mot qui prend la place du Nom.

1. Les pronoms personnels

Il existe trois personnes : la première personne est celle qui parle ; la deuxième est celle à qui l'on parle ; la troisième est celle de qui l'on parle. Les pronoms personnels se déclinent aux trois personnes du singulier et du pluriel.

	Singulier			Pluriel		
	1ᵉ pers.	2ᵉ pers.	3ᵉ pers. (réfléchie)	1ᵉ pers.	2ᵉ pers.	3ᵉ pers. (réfléchie)
Nom.	*ego*	*tu*	-	*nos*	*vos*	-
Voc.	-	*tu*	-	-	*vos*	-
Acc.	*me*	*te*	*se*	*nos*	*vos*	*se*
Gen.	*mei*	*tui*	*sui*	*no**trum**/ nostri*	*ves**trum**/ vestri*	*sui*
Dat.	*mihi*	*tibi*	*sibi*	*nobis*	*vobis*	*sibi*
Abl.	*me*	*te*	*se*	*nobis*	*vobis*	*se*

2. Les pronoms possessifs

Les adjectifs possessifs et les pronoms possessifs ont les mêmes formes. Ils se déclinent comme *bonus* et *pulcher*.

> *meus, mea, meum* : mon, ma (adj.) ; le mien, la mienne (pron.) ;
> *tuus, tua, tuum* : ton, ta (adj.) ; le tien, la tienne (pron.) ;
> *suus, sua, suum* : son, sa (adj.) ; le sien, la sienne (pron.), réfléchi ;

➢ *noster, nostra, nostrum* : notre (adj.) ; le nôtre, la nôtre (pron.) ;
➢ *vester, vestra, vestrum* : votre (adj.) ; le vôtre, la vôtre (pron.) ;
➢ *suus, sua, suum* : leur (adj.) ; le leur, la leur (pron.), réfléchi.

	masculin	féminin	neutre	masculin	féminin	neutre
	meus, mea, meum					
Nom.	*meus*	*mea*	*meum*	*mei*	*meae*	*mea*
Voc.	*me*	*mea*	*meum*	*mei*	*meae*	*mea*
Acc.	*meum*	*meam*	*meum*	*meos*	*meas*	*mea*
Gén.	*mei*	*meae*	*mei*	*meorum*	*mearum*	*meorum*
Dat.	*meo*	*meae*	*meo*	*meis*	*meis*	*meis*
Abl.	*meo*	*mea*	*meo*	*meis*	*meis*	*meis*
	noster, nostra, nostrum					
Nom.	*noster*	*nostra*	*nostrum*	*nostri*	*nostrae*	*nostra*
Voc.	*noster*	*nostra*	*nostrum*	*nostri*	*nostrae*	*nostra*
Acc.	*nostrum*	*nostram*	*nostrum*	*nostros*	*nostras*	*nostra*
Gén.	*nostri*	*nostrae*	*nostri*	*nostrorum*	*nostrarum*	*nostrorum*
Dat.	*nostro*	*nostrae*	*nostro*	*nostris*	*nostris*	*nostris*
Abl.	*nostro*	*nostra*	*nostro*	*nostris*	*nostris*	*nostris*

3. Les pronoms démonstratifs

4. Le pronom de rappel *is*

Les pronoms démonstratifs sont des déterminants. Leurs déclinaisons sont variées.

L'adjectif démonstratif *is* et le pronom démonstratif *is* ont les mêmes formes.

is, ea, id : ce... ci, cette... ci (adj.) ; celui-ci, celle-ci, ceci (pron.)

	Singulier			Pluriel		
	masculin	féminin	neutre	masculin	féminin	neutre
Nom.	*is*	*ea*	*id*	*ei / ii*	*eae*	*ea*
Voc.	-	-	-	-	-	-
Acc.	*eum*	*eam*	*id*	*eos*	*eas*	*ea*
Gén.	*ejus*	*ejus*	*ejus*	*eorum*	*earum*	*eorum*
Dat.	*ei*	*ei*	*ei*	*eis / iis*	*eis / iis*	*eis / iis*
Abl.	*eo*	*ea*	*eo*	*eis / iis*	*eis / iis*	*eis / iis*

5. Le pronom démonstratif *ipse*

Le démonstratif *ipse* marque l'insistance.

ipse, ipsa, ipsum : lui-même, elle-même ; lui en personne ; lui précisément.

	Singulier			Pluriel		
	masculin	féminin	neutre	masculin	féminin	neutre
Nom.	*ipse*	*ipsa*	*ipsum*	*ipsi*	*ipsae*	*ipsa*
Voc.	-	-	-	-	-	-
Acc.	*ipsum*	*ipsam*	*ipsum*	*ipsos*	*ipsas*	*ipsa*
Gén.	*ipsius*	*ipsius*	*ipsius*	*ipsorum*	*ipsarum*	*ipsorum*
Dat.	*ipsi*	*ipsi*	*ipsi*	*ipsis*	*ipsis*	*ipsis*
Abl.	*ipso*	*ipsa*	*ipso*	*ipsis*	*ipsis*	*ipsis*

6. Le pronom démonstratif *idem*

Le pronom démonstratif *idem* exprime l'identité.

idem, eadem, idem : le même, la même.

	Singulier			Pluriel		
	masculin	féminin	neutre	masculin	féminin	neutre
Nom.	*idem*	*eadem*	*idem*	*eidem / ii-, i-*	*eaedem*	*eadem*

	masculin	féminin	neutre	masculin	féminin	neutre
Voc.	-	-	-	-	-	-
Acc.	*eumdem*	*eamdem*	**idem**	*eosdem*	*easdem*	*eadem*
Gén.	*ejusdem*	*ejusdem*	*ejusdem*	*eorumdem*	*earumdem*	*eorumdem*
Dat.	*eidem*	*eidem*	*eidem*	*eisdem / iisdem / isdem*		
Abl.	*eodem*	*eadem*	*eodem*	*eisdem / iisdem / isdem*		

7. Le pronom démonstratif *hic*

Le pronom *hic* est un démonstratif de la première personne.
hic, haec, hoc : celui-ci, celle-ci, ceci.

	Singulier			Pluriel		
	masculin	féminin	neutre	masculin	féminin	neutre
Nom.	*hic*	*haec*	*hoc*	*hi*	*hae*	*haec*
Voc.	-	-	-	-	-	-
Acc.	*hunc*	*hanc*	*hoc*	*hos*	*has*	*haec*
Gén.	*hujus*	*hujus*	*hujus*	*horum*	*harum*	*horum*
Dat.	*huic*	*huic*	*huic*	*his*	*his*	*his*
Abl.	*hoc*	*hac*	*hoc*	*his*	*his*	*his*

8. Le pronom démonstratif *iste*

Le pronom *iste* est un démonstratif de la deuxième personne.
iste, ista, istud : celui-là, celle-là, cela.

	Singulier			Pluriel		
	masculin	féminin	neutre	masculin	féminin	neutre
Nom.	*iste*	*ista*	*istud*	*isti*	*istae*	*ista*
Voc.	-	-	-	-	-	-
Acc.	*Istum*	*istam*	*istud*	*istos*	*istas*	*ista*
Gén.	*istius*	*istius*	*istius*	*istorum*	*istarum*	*istorum*
Dat.	*isti*	*isti*	*isti*	*istis*	*istis*	*istis*

Abl.	*isto*	*ista*	*isto*	*istis*	*istis*	*istis*

9. Le pronom démonstratif *ille*

Le pronom *ille* est un démonstratif de la troisième personne.

ille, illa, illud : celui-là, celle-là, cela.

	Singulier			**Pluriel**		
	masculin	féminin	neutre	masculin	féminin	neutre
Nom.	*ille*	*illa*	*illud*	*illi*	*illae*	*illa*
Voc.	-	-	-	-	-	-
Acc.	*illum*	*illam*	*illud*	*illos*	*illas*	*illa*
Gén.	*illius*	*illius*	*illius*	*illorum*	*illarum*	*illorum*
Dat.	*illi*	*illi*	*illi*	*illis*	*illis*	*illis*
Abl.	*illo*	*illa*	*illo*	*illis*	*illis*	*illis*

10. Les pronoms interrogatifs

Il existe quelques nuances entre les formes du pronom interrogatif et celles de l'adjectif interrogatif.

Quis ?, quid ? : qui ? quoi ? (Pronom)

	masculin-féminin	neutre
Nom.	*quis ?*	*quid ?*
Voc.	-	-
Acc.	*quem ?*	*quid ?*
Gén.	*cujus ?*	*cujus rei ?*
Dat.	*cui ?*	*cui rei ?*
Abl.	*quo ?*	*qua re ?*

Qui ?/ quis ?, quae ?, quod ? : quel ?, quelle ? (Adjectif)

	Singulier			Pluriel		
	masculin	féminin	neutre	masculin	féminin	neutre
Nom.	*qui?/quis?*	*quae?*	*quod?*	*qui?*	*quae?*	*quae?*
Voc.	-	-	-	-	-	-
Acc.	*quem?*	*quam?*	*quod?*	*quos?*	*quas?*	*quae?*
Gén.	*cujus?*	*cujus?*	*cujus?*	*quorum?*	*quarum?*	*quorum?*
Dat.	*cui?*	*cui?*	*cui?*	*quibus?*	*quibus?*	*quibus?*
Abl.	*quo?*	*qua?*	*quo?*	*quibus?*	*quibus?*	*quibus?*

Autres pronoms interrogatifs :
- *qualis ? quale ?* : quel ? (décl. : *fortis*) ;
- *quantus ? quanta ? quantum ?* : de quelle grandeur ? (décl. : *bonus*) ;
- *quot ?* : combien nombreux ? (indéclinable) ;
- *uter ? utra ? utrum ?* : lequel des deux ? (décl. : *totus*) ;
  etc.

11. Les pronoms relatifs

Qui, quae, quod : qui ; lequel, laquelle

	Singulier			Pluriel		
	masculin	féminin	neutre	masculin	féminin	neutre
Nom.	*qui*	*quae*	*quod*	*qui*	*quae*	*quae*
Voc.	-	-	-	-	-	-
Acc.	*quem*	*quam*	*quod*	*quos*	*quas*	*quae*
Gén.	*cujus*	*cujus*	*cujus*	*quorum*	*quarum*	*quorum*
Dat.	*cui*	*cui*	*cui*	*quibus*	*quibus*	*quibus*
Abl.	*quo*	*qua*	*quo*	*quibus*	*quibus*	*quibus*

Autres pronoms relatifs :
- *qualis, quale* : (tel) que (décl. : *fortis*) ;
- *quantus, quanta, quantum* : (si grand) que (décl. : *bonus*) ;
- *quot* : (si nombreux) que (indécl.).

12. Les pronoms indéfinis

Les pronoms indéfinis et les adjectifs indéfinis ont les mêmes formes, avec quelques nuances.
- *quis, quae (qua), quid* (pron.) : quelqu'un, quelqu'une, quelque chose
- *quis, quae (qua), quod* (adj.) : quelque

	Singulier			**Pluriel**		
	mascu-lin	féminin	neutre	masculin	féminin	neutre
Nom.	*quis*	*quae/qua*	*quid (pro.)* *quod (adj.)*	*qui*	*quae*	*quae/qua*
Voc.	-	-	-	-	-	-
Acc.	*quem*	*quam*	*quod*	*quos*	*quas*	*quae/qua*
Gén.	*cujus*	*cujus*	*cujus*	*quorum*	*quarum*	*quorum*
Dat.	*cui*	*cui*	*cui*	*quibus*	*quibus*	*quibus*
Abl.	*quo*	*qua*	*quo*	*quibus*	*quibus*	*quibus*

13. Autres pronoms indéfinis

Voici quelques pronoms-adjectifs indéfinis classés d'après leur sens général :

pronom	traduction	déclinaison
aliquis, aliqua, aliquid (pron.), *aliquod* (adj.)	quelqu'un ; quelque chose ; quelque	déclinaison pronominale
quis, quae (qua), quid (pron.), *quod* (adj.)	quelqu'un ; quelque chose ; quelque (après *si, nisi, ne, num,* et les relatifs)	déclinaison pronominale

quispiam, quidpiam	quelqu'un	***quis-*** seul se décline
quidam, quaedam, quiddam pron.), *quoddam* (adj.)	un certain	***qui-*** seul se décline
quisquam, quicquam	quelqu'un (dans les phrases négatives de sens ou de forme)	***qui-*** seul se décline
ullus, ulla, ullum	quelqu'un (dans les phrases négatives de sens ou de forme)	déclinaison : *totus*)
uter, utra, utrum	quelqu'un (de deux)	déclinaison : *totus*
quisque, quidque (pron.) *quisque, quaeque, quodque* (adj.)	chacun chaque	***qui-*** seul se décline
unusquisque, unaquaque, unumquidque (pron.)	chacun	les deux parties suivent la déclinaison pronominale
omnis, omnis, omne	tous	déclinaison : *fortis*
quivis, quaevis, quidvis (pron.), *quodvis* (adj.)	n'importe qui ; n'importe quoi	déclinaison pronominale ; suffixe ***-vis*** invariable
quilibet, quaelibet, quidlibet (pron.), *quodlibet* (adj.)	n'importe qui ; n'importe quoi	déclinaison pronominale ; suffixe ***-libet*** invariable
utervis, utravis, utrumvis	n'importe lequel (des deux)	déclinaison pronominale ; suffixe ***-vis*** invariable
uterlibet, utralibet, utrumlibet	n'importe lequel (des deux)	déclinaison pronominale ; suffixe ***-libet*** invariable)
alius, alia, aliud	autre	Gén. sg. *al**ius*** ou *alter**ius*** ; Dat. sg. *al**ii*** ou *alter**i***
alter, altera, alterum	l'autre (de deux)	déclinaison pronominale
ceteri, ceterae, cetera	tous les autres	déclinaison : *bonus*
reliqui, reliquae, reliqua	les autres, le reste	déclinaison : *bonus*
nemo	personne	
nihil	rien	

nullus, nulla, nullum	aucun, aucune	déclinaison pronominale
neuter, neutra, neutrum	ni l'un, ni l'autre	déclinaison pronominale

14. Déclinaison de *nemo* et *nihil*

➢ *nemo* : personne
➢ *nihil* : rien

	Animé	Inanimé
Nom.	*nemo*	*nihil / nil*
Voc.	-	-
Acc.	*neminem*	*nihil / nil*
Gén.	*nullius*	*nullius rei*
Dat.	*nemini*	*nulli rei*
Abl.	*nullo*	*nulla re*

15. Les pronoms relatifs-indéfinis

Ce sont des termes qui fonctionnent soit comme de simples indéfinis, soit comme relatifs indéfinis, quand ils introduisent une proposition relative.

pronom	traduction	déclinaison	exemple
quicumque, quaecumque, quodcumque	quiconque, tout qui, celui qui	Seul *qui* se décline, comme le relatif ; **-cumque** est invariable.	***Quamcumque*** *in partem fugiebant* (Cic., *Att.*, 3, 21) : Ils fuyaient dans toutes les directions.
quisquis, quicquid	tout qui, n'importe qui... qui...	Les deux parties se déclinent.	***Quoquo*** *modo* : de toute façon ; de n'importe quelle façon.

16. Les pronoms corrélatifs

Interrogatifs	Démonstratifs	Relatifs	Indéfinis	Relatifs indéfinis
quis ?	*is (hic...)*	*qui*	*aliquis*	*quicumque*

qui ?	celui	qui	quelqu'un	quiconque
qualis ? quel ?	*talis* tel	*qualis* que		*qualiscumque* quelque... que
quantus ? combien grand ?	*tantus* si grand	*quantus* que		*quantuscumque* quelque grand... que
quantulus ? combien petit ?	*tantulus* si petit	*quantu- lus* que		*quantusluscumque* quelque petit... que
quot ? combien de ?	*tot* si nombreux	*quot* que	*aliquot* quelques uns	*quotcumque* quelque nom- breux... que

V. LE VERBE

Le mot dont on se sert pour exprimer que l'on est, ou que l'on fait quelque chose, s'appelle **Verbe** ; ainsi le mot *être*.

On connaît un Verbe en français, quand on peut y ajouter ces pronoms, *je, tu, il* ou *elle, nous, vous, ils* ou *elles* : comme *je suis, tu es, il est, nous sommes, vous êtes, ils sont.*

> ➢ Les mots *je, nous*, expriment la première personne, celle qui parle.
> ➢ Les mots *tu, vous*, expriment la deuxième personne, celle à qui l'on parle.
> ➢ Les mots *il, elle, ils, elles*, ainsi que tout nom placé devant un verbe, expriment la troisième personne, celle de qui l'on parle.

Il y a dans les verbes deux nombres : le singulier, quand on parle d'une seule personne, comme *l'élève écrit* ; le pluriel, quand on parle de plusieurs personnes, comme *les élèves écrivent.*

Il existe trois temps :

> ➢ le **présent** indique que la chose se fait actuellement : *je chante* ;
> ➢ le **passé** indique que la chose a été faite : *j'ai chanté* ;
> ➢ le **futur** exprime que la chose se fera : *je chanterai.*

On distingue trois sortes de passés :

> ➢ l'**imparfait** : *je chantais* ;
> ➢ le **parfait** : *j'ai chanté, je chantai* ;
> ➢ le **plus-que-parfait** : *j'avais chanté.*

Il y a deux futurs :

> ➢ le **futur simple** : *je chanterai* ;
> ➢ le **futur antérieur** : *j'aurai chanté.*

Il y a quatre modes dans les verbes :

> ➢ l'**Indicatif**, quand on affirme que la chose se fait, s'est faite, ou se fera ;

> l'**Impératif**, quand on commande de la faire ;
> le **Subjonctif**, quand on souhaite ou qu'on doute qu'elle se fasse ;
> l'**Infinitif**, qui exprime l'action en général, sans nombres ni personnes.

Le Mode Infinitif contient le **Participe**, le **Supin** et le **Gérondif**, qui sont des noms formés du verbe.

Réciter de suite les différents modes d'un verbe, avec tous leurs temps, leurs nombres et leurs personnes, cela s'appelle **conjuguer**.

1. Le système verbal

Le système verbal comprend :
> des **thèmes verbaux**, de différents types ;
> des **désinences verbales**, variables.

Les désinences verbales apportent cinq éléments de caractérisation :

I	La voix	actif,
		passif
II	Le mode	indicatif
		impératif
		subjonctif
		participe
		infinitif
III	Le temps	infectum (présent, imparfait, futur simple)
		perfectum (parfait, plus-que-parfait, futur antér.)
IV	Le nombre	singulier
		pluriel
V	La personne	première
		deuxième
		troisième

2. Les classes verbales

La nature de l'élément final du thème permet de distinguer cinq grandes classes verbales :

I	II	III	IV	V
Thèmes terminés par la voyelle *-a-*	Thèmes terminés par la voyelle *-e-*	Thèmes à consonne + voyelle thématique *-e/o-*	Thèmes terminés par la sonante *-y-* (>i)	Thèmes terminés par la voyelle longue *-i-*

ama-re, aimer *ama-nt*, ils aiment	*dele-re*, détruire *dele-nt*, ils détruisent	*leg-e-re*, lire *leg-unt*, ils lisent	*cape-re*, prendre *capi-unt*, ils prennent	*audi-re*, entendre *audi-unt*, ils entendent

Les tableaux des conjugaisons ci-après permettront de remarquer ce qui rapproche les types I et II, ainsi que ce qui rapproche les types III et IV.

3. Verbes réguliers-Modes personnels-Voix active-Infectum

4. L'indicatif

I. *amāre* (Rad. *amā*)	II. *delēre* (Rad. *delē*)	III. *legĕre* (Rad. *leg*)	IV. *capĕre* (Rad. *capĭ*)	V. *audīre* (Rad. *audī*)
Présent (*Rad.* + **désinence**) : j'aime, je détruis, je lis, je prends, j'entends				
amo	*deleo*	*lego*	*capio*	*audio*
amas	*deles*	*legis*	*capis*	*audis*
amat	*delet*	*legit*	*capit*	*audit*
amamus	*delemus*	*legimus*	*capimus*	*audimus*
amatis	*deletis*	*legitis*	*capitis*	*auditis*
amant	*delent*	*legunt*	*capiunt*	*audiunt*
Imparfait (*Rad.* + **ba** (I., II.) / **eba** (III., IV., V.) + **désinence**) : j'aimais, je détruisais,...				
amabam	*delēbam*	*legebam*	*capiebam*	*audiebam*
amabas	*delēbas*	*legebas*	*capiebas*	*audiebas*
amabat	*delēbat*	*legebat*	*capiebat*	*audiebat*
amabamus	*delēbamus*	*legebamus*	*capiebamus*	*audiebamus*
amabatis	*delēbatis*	*legebatis*	*capiebatis*	*audiebatis*
amabant	*delēbant*	*legebant*	*capiebant*	*audiebant*
Futur simple (*Rad.* + **bi** (I., II.) / **a, e** (III., IV., V.) + **désinence**) : j'aimerai, je détruirai...				
amabo	*delēbo*	*legam*	*capiam*	*audiam*
amabis	*delēbis*	*leges*	*capies*	*audies*
amabit	*delēbit*	*leget*	*capiet*	*audiet*
amabimus	*delēbimus*	*legemus*	*capiemus*	*audiemus*
amabitis	*delēbitis*	*legetis*	*capietis*	*audietis*
amabunt	*delēbunt*	*legent*	*capient*	*audient*

5. Le subjonctif

I.	II.	III.	IV.	V.
Présent (*Rad.* + e (I) / a (II, III, IV, V) + ***désinence***) : que j'aime ; ...				
amem	*deleam*	*legam*	*capiam*	*audiam*
ames	*deleas*	*legas*	*capias*	*audias*
amet	*deleat*	*legat*	*capiat*	*audiat*
amemus	*deleamus*	*legamus*	*capiamus*	*audiamus*
ametis	*deleatis*	*legatis*	*capiatis*	*audiatis*
ament	*deleant*	*legant*	*capiant*	*audiant*
Imparfait (*Rad.* + (<u>e</u>)re + ***désinence***) : que j'aimasse, que je détruisisse,...				
amarem	*delerem*	*leg<u>e</u>rem*	*cap<u>e</u>rem*	*audirem*
amares	*deleres*	*leg<u>e</u>res*	*cap<u>e</u>res*	*audires*
amaret	*deleret*	*leg<u>e</u>ret*	*cap<u>e</u>ret*	*audiret*
amaremus	*deleremus*	*leg<u>e</u>remus*	*cap<u>e</u>remus*	*audiremus*
amaretis	*deleretis*	*leg<u>e</u>retis*	*cap<u>e</u>retis*	*audiretis*
amarent	*delerent*	*leg<u>e</u>rent*	*cap<u>e</u>rent*	*audirent*

6. L'impératif

	I.	II.	III.	IV.	V.
Présent (*Rad.* + ***désinence***) : aime ; détruis ; ...					
2e sg.	*ama*	*dele*	*leg<u>e</u>*	*cap<u>e</u>*	*audi*
2e pl.	*amate*	*delete*	*legite*	*capite*	*audite*
Futur (*Rad.* + to + ***désinence***) : aime ; détruis ; ...					
2e sg.	*amato*	*deleto*	*legito*	*capito*	*audito*
2e pl.	*amatote*	*deletote*	*legitote*	*capitote*	*auditote*

N.B.

> - *Dicere* (dire), *ducere* (conduire), *facere* (faire), font à l'impératif présent, 2e pers. sg. : *dic, duc, fac.*
> - L'impératif futur est rare en latin classique, mais *scire* (savoir) et *memini* (se souvenir) à l'impératif font toujours *scito, scitote* et *memento, mementote.*

7. Verbes réguliers-Modes personnels-Voix active-Perfectum

8. L'indicatif

I. *amāre* (Rad. *amā*)	II. *delēre* (Rad. *delē*)	III. *legĕre* (Rad. *leg*)	IV. *capĕre* (Rad. *capĭ*)	V. *audīre* (Rad. *audĭ*)
Parfait (*Rad.* + **désinence**) : J'ai aimé / j'aimai ; j'ai détruit/je détruisis ; ...				
amavi	delevi	legi	cepi	audivi
amavisti	delevisti	legisti	cepisti	audivisti
amavit	delevit	legit	cepit	audivit
amavimus	delevimus	legimus	cepimus	audivimus
amavistis	delevistis	legistis	cepistis	audivistis
amaverunt/ere	deleverunt/ere	legerunt/ere	ceperunt/ere	audiverunt/ere
Plus-que-parfait : j'avais aimé ; j'avais détruit ; ...				
amaveram	deleveram	legeram	ceperam	audiveram
amaveras	deleveras	legeras	ceperas	audiveras
amaverat	deleverat	legerat	ceperat	audiverat
amaveramus	deleveramus	legeramus	ceperamus	audiveramus
amaveratis	deleveratis	legeratis	ceperatis	audiveratis
amaverant	deleverant	legerant	ceperant	audiverant
Futur antérieur : j'aurai aimé ; j'aurai détruit ; ...				
amavero	delevero	legero	cepero	audivero
amaveris	deleveris	legeris	ceperis	audiveris
amaverit	deleverit	legerit	ceperit	audiverit
amaverimus	deleverimus	legerimus	ceperimus	audiverimus
amaveritis	deleveritis	legeritis	ceperitis	audiveritis
amaverint	deleverint	legerint	ceperint	audiverint

N.B.

➤ Les terminaisons particulières de l'indicatif parfait.

➤ Les formes syncopées ou contractes : chute possible de *-v-* / *-vi-* / *-ve-*, donnant lieu à des formes abrégées, aisément reconnaissables, telles que : *audii, audisti, amarunt...*

9. Le subjonctif

I. *amāre* (Rad. *amā*)	II. *delēre* (Rad. *delē*)	III. *legĕre* (Rad. *leg*)	IV. *capĕre* (Rad. *capĭ*)	V. *audīre* (Rad. *audĭ*)
Parfait : que j'aie aimé ; que j'aie détruit ; ...				
amaverim	deleverim	legerim	ceperim	audiverim
amaveris	deleveris	legeris	ceperis	audiveris
amaverit	deleverit	legerit	ceperit	audiverit
amaverimus	deleverimus	legerimus	ceperimus	audiverimus
amaveritis	deleveritis	legeritis	ceperitis	audiveritis
amaverint	deleverint	legerint	ceperint	audiverint
Plus-que-parfait : que j'eusse aimé ; que j'eusse détruit ; ...				
amavissem	delevissem	legissem	cepissem	audivissem
amavisses	delevisses	legisses	cepisses	audivisses
amavisset	delevisset	legisset	cepisset	audivisset

*ama*visse*mus*	*dele*visse*mus*	*legi*sse*mus*	*cep*isse*mus*	*audi*visse*mus*
*ama*visse*tis*	*dele*visse*tis*	*legi*sse*tis*	*cep*isse*tis*	*audi*visse*tis*
*ama*visse*nt*	*dele*visse*nt*	*legi*sse*nt*	*cep*isse*nt*	*audi*visse*nt*

10. Verbes réguliers-Modes personnels-Voix passive-Infectum

11. L'indicatif

*am*or	*dele*or	*leg*or	*capi*or	*audi*or
*ama*ris/re	*dele*ris/re	*lege*ris/re	*cape*ris/re	*audi*ris/re
*ama*tur	*dele*tur	*legi*tur	*capi*tur	*audi*tur
*ama*mur	*dele*mur	*legi*mur	*capi*mur	*audi*mur
*ama*mini	*dele*mini	*legi*mini	*capi*mini	*audi*mini
*ama*ntur	*dele*ntur	*legu*ntur	*capiu*ntur	*audiu*ntur

Imparfait (*Rad.* + **ba** (I., II.) / **eba** (III., IV., V.) + ***désinence***) : j'étais aimé, j'étais détruit ; ...

*ama*bar	*dele*bar	*lege*bar	*capie*bar	*audie*bar
*ama*baris/re	*dele*baris/re	*lege*baris/re	*capie*baris/re	*audie*baris/re
*ama*barit	*dele*barit	*lege*barit	*capie*barit	*audie*barit
*ama*bamur	*dele*bamur	*lege*bamur	*capie*bamur	*audie*bamur
*ama*bamini	*dele*bamini	*lege*bamini	*capie*bamini	*audie*bamini
*ama*bantur	*dele*bantur	*lege*bantur	*capie*bantur	*audie*bantur

Futur simple (*Rad.* + **bi** (I., II.) / **a, e** (III., IV., V.) + ***désinence***) : je serai aimé, détruit ; ...

*ama*bor	*dele*bor	*lega*r	*capia*r	*audia*r
*ama*beris/re	*dele*beris/re	*lege*ris/re	*capie*ris/re	*audie*ris/re
*ama*bitur	*dele*bitur	*lege*tur	*capie*tur	*audie*tur
*ama*bimur	*dele*bimur	*lege*mur	*capie*mur	*audie*mur
*ama*bimini	*dele*bimini	*lege*mini	*capie*mini	*audie*mini
*ama*buntur	*dele*buntur	*lege*ntur	*capie*ntur	*audie*ntur

12. Le subjonctif

I.	II.	III.	IV.	V.
Présent (*Rad.* + **e** (I.) / **a** (II., III., IV., V.) + ***désinence***) : que je sois aimé ; ...				
*am*er	*dele*ar	*lega*r	*capia*r	*audia*r
*am*eris/re	*dele*aris/re	*lega*ris/re	*capia*ris/re	*audia*ris/re
*am*etur	*dele*atur	*lega*tur	*capia*tur	*audia*tur
*am*emur	*dele*amur	*lega*mur	*capia*mur	*audia*mur
*am*emini	*dele*amini	*lega*mini	*capia*mini	*audia*mini
*am*entur	*dele*antur	*lega*ntur	*capia*ntur	*audia*ntur
Imparfait (Rad. + (**e**)**re** + ***désinence***) : que je fusse aimé ; ...				
*ama*rer	*dele*rer	*lege*rer	*cape*rer	*audi*rer
*ama*reris/re	*dele*reris/re	*lege*reris/re	*cape*reris/re	*audi*reris/re
*ama*retur	*dele*retur	*lege*retur	*cape*retur	*audi*retur
*ama*remur	*dele*remur	*lege*remur	*cape*remur	*audi*remur

| amaremini | deleremini | legeremini | caperemini | audiremini |
| amarentur | delerentur | legerentur | caperentur | audirentur |

13. L'impératif

	I.	II.	III.	IV.	V.
Présent (*Rad.* + ***désinence***) : sois aimé, détruit, ...					
2ᵉ sg.	amare	delere	legere	capere	audire
2ᵉ pl.	amamini	delemini	legimini	capimini	audimini

14. Temps formés avec le supin (formes composées)

15. L'indicatif

I.	II.	III.	IV.	V.
Parfait (**participe parfait passif**, accordé avec le sujet + indicatif présent de ***esse***)				
amatus sum	deletus sum	lectus sum	captus sum	auditus sum
amatus es	deletus es	lectus es	captus es	auditus es
amatus est	deletus est	lectus est	captus est	auditus est
amati sumus	deleti sumus	lecti sumus	capti sumus	auditi sumus
amati estis	deleti estis	lecti estis	capti estis	auditi estis
amati sunt	deleti sunt	lecti sunt	capti sunt	auditi sunt
Plus-que-parfait (**part. parfait passif**, accordé avec le sujet + indic. imparfait de ***esse***)				
amatus eram	deletus eram	lectus eram	captus eram	auditus eram
amatus eras	deletus eras	lectus eras	captus eras	auditus eras
amatus erat	deletus erat	lectus erat	captus erat	auditus erat
amati eramus	deleti eramus	lecti eramus	capti eramus	auditi eramus
amati eratis	deleti eratis	lecti eratis	capti eratis	auditi eratis
amati erant	deleti erant	lecti erant	capti erant	auditi erant
Futur antérieur (**part. parfait passif**, accordé avec le sujet + indic. futur de ***esse***)				
amatus ero	deletus ero	lectus ero	captus ero	auditus ero
amatus eris	deletus eris	lectus eris	captus eris	auditus eris
amatus erit	deletus erit	lectus erit	captus erit	auditus erit
amati erimus	deleti erimus	lecti erimus	capti erimus	auditi erimus
amati eritis	deleti eritis	lecti eritis	capti eritis	auditi eritis
amati erunt	deleti erunt	lecti erunt	capti erunt	auditi erunt

16. Le subjonctif

I.	II.	III.	IV.	V.
Parfait (part. parfait passif, accordé avec le sujet + subj. présent de **esse**)				
amatus sim	*deletus sim*	*lectus sim*	*captus sim*	*auditus sim*
amatus sis	*deletus sis*	*lectus sis*	*captus sis*	*auditus sis*
amatus sit	*deletus sit*	*lectus sit*	*captus sit*	*auditus sit*
amati simus	*deleti simus*	*lecti simus*	*capti simus*	*auditi simus*
amati sitis	*deleti sitis*	*lecti sitis*	*capti sitis*	*auditi sitis*
amati sint	*deleti sint*	*lecti sint*	*capti sint*	*auditi sint*
Plus-que-parfait (**part. parfait passif**, accordé avec le sujet + subj. imparfait de **esse**)				
amatus essem	*deletus essem*	*lectus essem*	*captus essem*	*auditus essem*
amatus esses	*deletus esses*	*lectus esses*	*captus esses*	*auditus esses*
amatus esset	*deletus esset*	*lectus esset*	*captus esset*	*auditus esset*
amati essemus	*deleti essemus*	*lecti essemus*	*capti essemus*	*auditi essemus*
amati essetis	*deleti essetis*	*lecti essetis*	*capti essetis*	*auditi essetis*
amati essent	*deleti essent*	*lecti essent*	*capti essent*	*auditi essent*

17. Verbes réguliers-Modes impersonnels-Voix active et passive

18. L'Infinitif

Actif			
	Présent	**Parfait**	**Futur**
I.	*amare*	*amavisse*	*amaturus, a, um esse*
II.	*delere*	*delevisse*	*deleturus, a, um esse*
III.	*legere*	*legisse*	*lecturus, a, um esse*
IV.	*capere*	*cepisse*	*capturus, a, um esse*
V.	*audire*	*audivisse*	*auditurus, a, um esse*
Passif			
	Présent	**Parfait**	**Futur**
I.	*amari*	*amatus, a, um esse*	*amatum iri*
II.	*deleri*	*deletus, a, um esse*	*deletum iri*
III.	*legi*	*lectus, a, um esse*	*lectum iri*
IV.	*capi*	*captus, a, um esse*	*captum iri*
V.	*audiri*	*auditus, a, um esse*	*auditum iri*

Sens des différents infinitifs :

➢ *amare* : aimer ;

➢ *amavisse* : avoir aimé ;

➢ *amaturus, a, um* *esse* : être sur le point d'aimer ; devoir aimer ;

➢ *amari* : être aimé ;

➢ *amatus, a, um* *esse* : avoir été aimé ;

➢ *amatum iri* (emploi rare) : être sur le point d'être aimé ; devoir aimer.

VI. LE PARTICIPE

1. Le Participe

Les Participes sont des adjectifs qui viennent des verbes ; ils s'accordent en genre, en nombre et en cas avec le nom auquel ils sont joints, et de plus ils gouvernent le même cas que le verbe d'où ils viennent ; c'est pour cela qu'on les appelle **Participes**, parce qu'ils tiennent de l'Adjectif et du Verbe.

	Présent	Parfait	Futur
	Actif		
I.	*amans, amantis*		*amaturus, a, um*
II.	*delens, delentis*		*deleturus, a, um*
III.	*legens, legentis*		*lecturus, a, um*
IV.	*capiens, capientis*		*capturus, a, um*
V.	*audiens, audientis*		*auditurus, a, um*
	Passif		
I.		*amatus, a, um*	
II.		*deletus, a, um*	
III.		*lectus, a, um*	
IV.		*captus, a, um*	
V.		*auditus, a, um*	

On emploie le participe comme un adjectif, en tenant compte du temps et de la voix de ses différentes formes :

- *amans, amantis* : aimant (déclinaison : *prudens, prudentis*) ;
- *amaturus, a, um* : étant sur le point d'aimer ; disposé à aimer (décl. : *bonus*) ;
- *amatus, a, um esse* : ayant été aimé (décl. : *bonus*).

2. Le Gérondif

Les trois formes du gérondif sont invariables. C'est la déclinaison de l'infinitif, qui fonctionne comme un nom :
- au génitif : *ars **amandi*** : l'art d'aimer (l'art de l'amour) ;
- à l'accusatif, il est toujours précédé d'une préposition (*ad*) et signifie le but : *natus **ad amandum*** : né pour aimer (né pour l'amour) ;
- à l'ablatif, parfois précédé de préposition, il signifie le moyen ou la manière : *(in) **amando*** : en aimant (par l'amour).

	Génitif	Accusatif	Ablatif
I.	*amandi*	*(ad) amandum*	*amando*
II.	*delendi*	*(ad) delendum*	*delendo*
III.	*legendi*	*(ad) legendum*	*legendo*
IV.	*capiendi*	*(ad) capiendum*	*capiendo*
V.	*audiendi*	*(ad) audiendum*	*audiendo*

3. L'Adjectif verbal

C'est une forme verbale qui s'emploie comme un adjectif (décl. : *bonus*), avec un sens généralement passif :

I.	*amandus, amanda, amandum*	étant à aimer ; devant être aimé
II.	*delendus, delenda, delendum*	étant à détruire ; devant être aimé
III.	*legendus, legenda, legendum*	étant à lire ; devant être lu
IV.	*capiendus, capienda, capiendum*	étant à prendre ; devant être pris
V.	*audiendus, audienda, audiendum*	étant à ecouter ; devant être écouté

4. Verbes déponents. Modes personnels. Infectum.

5. L'indicatif

I. *hortāri* Rad.: *hortā-*	**II. *verēri*** Rad.: *vere-*	**III. *sequi*** Rad.: *sequ-*	**IV. *pati*** Rad.: *patĭ*	**V. *largīri*** Rad.: *largī-*
Présent (*Rad.* + ***désinence***) : J'exhorte ; je crains ; je suis ; je souffre ; je distribue				
hortor	*vereor*	*sequor*	*patior*	*largior*
hortaris/re	*vereris/re*	*sequeris/re*	*pateris/re*	*largiris/re*
hortatur	*veretur*	*sequitur*	*patitur*	*largitur*
hortamur	*veremur*	*sequimur*	*patimur*	*largimur*
hortamini	*veremini*	*sequimini*	*patimini*	*largimini*
hortantur	*verentur*	*sequuntur*	*patiuntur*	*largiuntur*
Imparfait (*Rad.* + **ba** (I., II.) / **eba** (III., IV., IV.) + ***désinence***) : j'exhortais ; je craignais...				
hortabar	*verebar*	*sequebar*	*patiebar*	*largiebar*
hortabaris/re	*verebaris/re*	*sequebaris/re*	*patiebaris/re*	*largiebaris/re*
hort abatur	*verebatur*	*sequebatur*	*patiebatur*	*largiebatur*

*horta*ba*mur*	*vere*ba*mur*	*seque*ba*mur*	*pati*eba*mur*	*largi*eba*mur*
*horta*ba*mini*	*vere*ba*mini*	*seque*ba*mini*	*pati*eba*mini*	*largi*eba*mini*
*horta*ba*ntur*	*vere*ba*ntur*	*seque*ba*ntur*	*pati*eba*ntur*	*largi*eba*ntur*

Futur (*Rad.* + **bi** (I., II.) / **a, e** (III., IV., V.) + ***désinence***) : j'exhorterai ; ...

*horta*b*or*	*vere*b*or*	*sequ*a*r*	*pati*a*r*	*largi*a*r*
*horta*be*ris/re*	*vere*be*ris/re*	*seque*ris/re	*pati*e*ris/re*	*largi*e*ris/re*
*horta*bi*tur*	*vere*bi*tur*	*seque*tur	*pati*e*tur*	*largi*e*tur*
*hora*bi*mur*	*vere*bi*mur*	*seque*mur	*pati*e*mur*	*largi*e*mur*
*horta*bi*mini*	*vere*bi*mini*	*seque*mini	*pati*e*mini*	*largi*e*mini*
*horta*b*untur*	*vere*b*untur*	*seque*ntur	*pati*e*ntur*	*largi*e*ntur*

6. Le subjonctif

I.	II.	III.	IV.	V.
Présent (*Rad.* + **e** (I.) / **a** (II., III., IV., V.) + ***désinence***) : que j'exhorte ;...				
*hort*e*r*	*vere*a*r*	*sequ*a*r*	*pati*a*r*	*largi*a*r*
*hort*e*ris/re*	*vere*a*ris/re*	*sequ*a*ris/re*	*pati*a*ris/re*	*largi*a*ris/re*
*hort*e*tur*	*vere*a*tur*	*sequ*a*tur*	*pati*a*tur*	*largi*a*tur*
*hort*e*mur*	*vere*a*mur*	*sequ*a*mur*	*pati*a*mur*	*largi*a*mur*
*hort*e*mini*	*vere*a*mini*	*sequ*a*mini*	*pati*a*mini*	*largi*a*mini*
*hort*e*ntur*	*vere*a*ntur*	*sequ*a*ntur*	*pati*a*ntur*	*largi*a*ntur*
Imparfait (*Rad.* + (e)**re** + ***désinence***) : que j'exhortasse ; ...				
*horta*re*r*	*vere*re*r*	*sequ*ere*r*	*largi*re*r*	*pat*ere*r*
*horta*re*ris/re*	*vere*re*ris/re*	*sequ*ere*ris/re*	*largi*re*ris/re*	*pat*ere*ris/re*
*horta*re*tur*	*vere*re*tur*	*sequ*ere*tur*	*largi*re*tur*	*pat*ere*tur*
*horta*re*mur*	*vere*re*mur*	*sequ*ere*mur*	*largi*re*mur*	*pat*ere*mur*
*horta*re*mini*	*vere*re*mini*	*sequ*ere*mini*	*largi*re*mini*	*pat*ere*mini*
*horta*re*ntur*	*vere*re*ntur*	*sequ*ere*ntur*	*largi*re*ntur*	*pat*ere*ntur*

7. L'impératif

I.	II.	III.	IV.	V.
Présent (*Rad.* + ***désinence***) : exhorte ; ...				
*horta*re	*vere*re	*sequ*e*re*	*pat*e*re*	*largi*re
*horta*mini	*vere*mini	*sequ*i*mini*	*pati*mini	*largi*mini

8. Temps formés sur le supin (participe parfait + *esse*)

9. L'indicatif

I.	II.	III.	IV.	V.
Parfait : j'ai exhorté / j'exhortai ; j'ai craint / je craignis ; ...				
hortatus sum	*veritus sum*	*secutus sum*	*passus sum*	*largitus sum*
hortatus es	*veritus es*	*secutus es*	*passus es*	*largitus es*
hortatus est	*veritus est*	*secutus est*	*passus est*	*largitus est*
hortati sumus	*veriti sumus*	*secuti sumus*	*passi sumus*	*largiti sumus*
hortati estis	*veriti estis*	*secuti estis*	*passi estis*	*largiti estis*
hortati sunt	*veriti sunt*	*secuti sunt*	*passi sunt*	*largiti sunt*
Plus-que-parfait : j'avais exhorté ; ...				
hortatus eram	*veritus eram*	*secutus eram*	*passus eram*	*largitus eram*
hortatus eras	*veritus eras*	*secutus eras*	*passus eras*	*largitus eras*
hortatus erat	*veritus erat*	*secutus erat*	*passus erat*	*largitus erat*
hortati eramus	*veriti eramus*	*secuti eramus*	*passi eramus*	*largiti eramus*
hortati eratis	*veriti eratis*	*secuti eratis*	*passi eratis*	*largiti eratis*
hortati erant	*veriti erant*	*secuti erant*	*passi erant*	*largiti erant*
Futur antérieur : J'aurai exhorté ; ...				
hortatus ero	*veritus ero*	*secutus ero*	*passus ero*	*largitus ero*
hortatus eris	*veritus eris*	*secutus eris*	*passus eris*	*largitus eris*
hortatus erit	*veritus erit*	*secutus erit*	*passus erit*	*largitus erit*
hortati erimus	*veriti erimus*	*secuti erimus*	*passi erimus*	*largiti erimus*
hortati eritis	*veriti eritis*	*secuti eritis*	*passi eritis*	*largiti eritis*
hortati erunt	*veriti erint*	*secuti erunt*	*passi erunt*	*largiti erunt*

10. Le subjonctif

I.	II.	III.	IV.	V.
Parfait : que j'aie exhorté / que j'exhortasse ; ...				
hortatus sim	*veritus sim*	*secutus sim*	*passus sim*	*largitus sim*
hortatus sis	*veritus sis*	*secutus sis*	*passus sis*	*largitus sis*
hortatus sit	*veritus sit*	*secutus sit*	*passus sit*	*largitus sit*
hortati simus	*veriti simus*	*secuti simus*	*passi simus*	*largiti simus*
hortati sitis	*veriti sitis*	*secuti sitis*	*passi sitis*	*largiti sitis*
hortati sint	*veriti sint*	*secuti sint*	*passi sint*	*largiti sint*
Plus-que-parfait : que j'eusse exhorté ; ...				
hortatus essem	*veritus essem*	*secutus essem*	*passus essem*	*largitus essem*
hortatus esses	*veritus esses*	*secutus esses*	*passus esses*	*largitus esses*
hortatus esset	*veritus esset*	*secutus esset*	*passus esset*	*largitus esset*

hortati essemus	*veriti essemus*	*secuti essemus*	*passi essemus*	*largiti essemus*
hortati essetis	*veriti essetis*	*secuti essetis*	*passi essetis*	*largiti essetis*
hortati essent	*veriti essent*	*secuti essent*	*passi essent*	*largiti essent*

11. Verbes déponents - Modes impersonnels

12. L'infinitif

	Présent : exhorter ; ...	**Parfait :** avoir exhorté ; ...	**Futur :** devoir exhorter ; ...
I.	*hortari*	*hortatus, a, um esse*	*hortaturus, a, um esse*
II.	*vereri*	*veritus, a, um esse*	*veriturus, a, um esse*
III.	*sequi*	*secutus, a, um esse*	*secuturus, a, um esse*
IV.	*pati*	*passus, a, um esse*	*passurus, a, um esse*
V.	*largiri*	*largitus, a, um esse*	*largiturus, a, um esse*

13. Le participe

	Présent : exhortant ; ...	**Parfait :** ayant exhorté ; ...	**Futur :** étant sur le point d'exhorter; ...
I.	*hortans, antis*	*hortatus, a, um*	*hortaturus, a, um*
II.	*verens, entis*	*veritus, a, um*	*veriturus, a, um*
III.	*sequens, entis*	*secutus, a, um*	*secuturus, a, um*
IV.	*patiens, entis*	*passus, a, um*	*passurus, a, um*
V.	*largiens, entis*	*largitus, a, um*	*largiturus, a, um*

14. Le gérondif

	Génitif	**Accusatif**	**Ablatif**
I.	*hortandi*	*(ad) hortandum*	*hortando*
II.	*verendi*	*(ad) verendum*	*verendo*
III.	*sequendi*	*(ad) sequendum*	*sequendo*
IV.	*patiendi*	*(ad) patiendum*	*patiendo*
V.	*largiendi*	*(ad) largiendum*	*largiendo*

15. L'adjectif verbal

I.	*hortandus, hortanda, hortandum*	étant à exhorter ; devant être exhorté
II.	*verendus, verenda, verendum*	étant à craindre ; devant être craint
III.	*sequendus, sequenda, sequendum*	étant à suivre ; devant être suivi
IV.	*patiendus, patienda, patiendum*	étant à souffrir ; devant être souffert

| V. | *largiendus, largienda, largiendum* | étant à distribuer ; devant être distribué |

16. Les verbes irréguliers

17. *Esse, sum, fui :* être

18. Temps formés sur le radical du présent

	In-dicatif	Sub-jonctif	Impé-ratif	Infinitif	Participe
Pré-sent	*sum* *es* *est* *sumus* *estis* *sunt*	*sim* *sis* *sit* *simus* *sitis* *sint*	*es* *este*	*esse*	
Im-parfait	*eram* *eras* *erat* *eramus* *eratis* *erant*	*essem* *esses* *esset* *essemus* *essetis* *essent*			
Futur	*ero* *eris* *erit* *erimus* *eritis* *erunt*		*esto* *estote* *sunto*	*fore ou* *futurus, a, um* *esse*	*futurus, a, um*

19. Temps formés sur le radical du parfait

	Indicatif	Subjonctif	Infinitif
Parfait	*fui* *fuisti* *fuit* *fuimus* *fuistis* *fuerunt/ere*	*fuerim* *fueris* *fuerit* *fuerimus* *fueritis* *fuerint*	*fuisse*

Plus-que-parfait	*fu*eram *fu*eras *fu*erat *fu*eramus *fu*eratis *fu*erant	*fu*issem *fu*isses *fu*isset *fu*issemus *fu*issetis *fu*issent	
Futur antérieur	*fu*ero *fu*eris *fu*erit *fu*erimus *fu*eritis *fu*erint		*fu*turus, **a, um** *esse*/*fore*

20. *Posse, possum, potui :* pouvoir

Se conjugue comme **esse** ; le radical **pot-** se mue en **pos-** devant **s**. Les temps formés sur le radical du parfait sont réguliers : *potui, potuisti, potuit* ...

21. Temps formés sur le radical du présent

	Indicatif	Subjonctif	Infinitif	Participe
Présent	pos*sum* *pot*es *pot*est pos*sumus* *pot*estis pos*sunt*	pos*sim* pos*sis* pos*sit* pos*simus* pos*sitis* pos*sint*	pos*se*	*pot*ens, *pot*entis
Imparfait	*pot*eram *pot*eras *pot*erat *pot*eramus *pot*eratis *pot*erant	*pos*sem *pos*ses *pos*set *pos*semus *pos*setis *pos*sent		
Futur	*pot*ero *pot*eris *pot*erit *pot*erimus *pot*eritis *pot*erunt			

22. *Fieri, fio, factus sum* : devenir, se faire, se produire

Fieri sert de passif à ***facere*** pour les temps formés sur le radical du présent. Les temps du parfait (passif) sont ceux de ***facere*** : ***factus sum, factus es,*** etc...

	Indicatif		Subjonctif	
Présent	**Imparfait**	**Futur**	**Présent**	**Imparfait**
fio	*fiebam*	*fiam*	*fiam*	*fierem*
fis	*fiebas*	*fies*	*fias*	*fieres*
fit	*fiebat*	*fiet*	*fiat*	*fieret*
fimus	*fiebamus*	*fiemus*	*fiamus*	*fieremus*
fitis	*fiebatis*	*fietis*	*fiatis*	*fieretis*
fiunt	*fiebant*	*fient*	*fiant*	*fierent*

23. *Velle, volo, volui* : vouloir ; *Nolle, nolo, nolui* : ne pas vouloir ; *Malle, malo, malui* : préférer.

➤ Seul ***nolle*** s'emploie à l'impératif présent : **noli, noli*te*.**

➤ Le participe présent : *vol**ens**, nol**ens**, mal**ens**.*

➤ Les temps formés sur le radical du parfait sont réguliers : *volui, voluisti, voluit,* ... ; *nolui,* ..., *malui,* ...

➤ Ces verbes ne s'emploient pas au passif.

Indicatif présent			Subjonctif présent		
volo	*nolo*	*malo*	*velim*	*nolim*	*malim*
vi*s*	non vi*s*	mavi*s*	*velis*	*nolis*	*malis*
vul*t*	non vul*t*	mavul*t*	*velit*	*nolit*	*malit*
volumus	*nolumus*	*malumus*	*velimus*	*nolimus*	*malimus*
vul*tis*	non vul*tis*	mavul*tis*	*velitis*	*nolitis*	*malitis*
volunt	*nolunt*	*malunt*	*velint*	*nolint*	*malint*
Indicatif imparfait			Subjontif imparfait		
volebam	*nolebam*	*malebam*	*vellem*	*nollem*	*mallem*
volebas	*nolebas*	*malebas*	*velles*	*nolles*	*malles*
volebat	*nolebat*	*malebat*	*vellet*	*nollet*	*mallet*
volebamus	*nolebamus*	*malebamus*	*vellemus*	*nollemus*	*mallemus*
volebatis	*nolebatis*	*malebatis*	*velletis*	*nolletis*	*malletis*
volebant	*nolebant*	*malebant*	*vellent*	*nollent*	*mallent*
Indicatif futur					

*vol**am***	*nol**am***	*mal**am***
*vol**es***	*nol**es***	*mal**es***
*vol**et***	*nol**et***	*mal**et***
*vol**emus***	*nol**emus***	*mal**emus***
*vol**etis***	*nol**etis***	*mal**etis***
*vol**ent***	*nol**ent***	*mal**ent***

24. *Ferre, fero, tuli, latum* : porter

Les temps formés sur le radical du parfait et sur le supin sont des temps réguliers :

*tul**i***, ... : je portai / j'ai porté, ...

*lat**us**, lat**a**, lat**um*** sum, ... : j'ai été porté(e) / je fus porté(e).

Indicatif			Subjonctif		Impératif
Présent	Imparfait	Futur	Présent	Imparfait	Présent
Actif					
*fer**o***	*fer**ebam***	*fer**am***	*fer**am***	*ferr**em***	
fers	*fer**ebas***	*fer**es***	*fer**as***	*ferr**es***	
fert	*fer**ebat***	*fer**et***	*fer**at***	*ferr**et***	*fer*
*fer**imus***	*fer**ebamus***	*fer**emus***	*fer**amus***	*ferr**emus***	
fertis	*fer**ebatis***	*fer**etis***	*fer**atis***	*ferr**etis***	*ferte*
*fer**unt***	*fer**ebant***	*fer**ent***	*fer**ant***	*ferr**ent***	
Passif					
*fer**or***	*fer**ebar***	*fer**ar***	*fer**ar***	*ferr**er***	
*fer**ris***	*fer**ebaris***	*fer**eris***	*fer**aris***	*ferr**eris***	*ferre*
*fer**tur***	*fer**ebatur***	*fer**etur***	*fer**atur***	*ferr**etur***	
*fer**imur***	*fer**ebamur***	*fer**emur***	*fer**amur***	*ferr**emur***	
*fer**imini***	*fer**ebamini***	*fer**emini***	*fer**amini***	*ferr**emini***	*fer**imini***
*fer**untur***	*fer**ebantur***	*fer**entur***	*fer**antur***	*ferr**entur***	

25. *Ire, eo, ii (ivi), itum* : aller

Indicatif			Subjonctif		Impératif
Présent	Imparfait	Futur	Présent	Imparfait	Présent
eo	*i**bam***	*i**bo***	***eam***	*i**rem***	
is	*i**bas***	*i**bis***	***eas***	*i**res***	*i*
it	*i**bat***	*i**bit***	***eat***	*i**ret***	
*i**mus***	*i**bamus***	*i**bimus***	***eamus***	*i**remus***	
*i**tis***	*i**batis***	*i**bitis***	***eatis***	*i**retis***	*ite*

eunt	ibant	ibunt	eant	irent	

Temps formés sur le radical du parfait : *ii, isti, iit/it, iimus, istis, ierunt* : j'allai / j'ai été

> ➤ Participe présent : *iens, euntis* : allant ;
> ➤ Adjectif verbal (tournure impersonnelle) : *eundum est* : il faut aller.

VII. L'ADVERBE

L'Adverbe est un mot indéclinable, qui se joint le plus souvent à un Verbe, et en détermine la signification.

1. La formation des adverbes
On distingue :
- ➤ Des adverbes de manière correspondant assez souvent à des adjectifs qualificatifs : en *-e* ou *-o* (adjectifs de la classe I) ; en *-ter* (adjectifs de la classe II avec des radicaux un peu différents ;
- ➤ Des adverbes de manière en *-im*, correspondant à d'anciens accusatifs, et des adjectifs déclinés au neutre, figés en adverbes.

Adverbes correspondant à des adjectifs	
Adjectif	Adverbe correspondant
certus : fixé, sûr, certain	*certe* / *certo* : certainement ; sans doute
verus : vrai	*vere* / *vero* : vraiment ; en vérité
tutus : protégé	*tuto* : en sécurité ; sans danger
liber : libre	*libere* : librement
fortis : courageux	*fortiter* : courageusement
felix : heureux	*feliciter* : heureusement, avec bonheur
audax : audacieux	*audacter* : audacieusement
prudens : prudent	*prudenter* : prudemment
bonus : bon	**bene** : bien
magnus : grand	**magnopere** : grandement ; fortement
Adverbes en *-im* et adjectifs figés en adverbes	

Nom ou adjectif	Adverbe correspondant
pars, partis : part	*part**im*** : en partie
fur, furis : voleur	*furt**im*** : en cachette; à la dérobée
vir, viri : homme	*virit**im*** : par tête ; individuellement
-	*pass**im*** : pêle-mêle
facilis : facile	*facil**e*** : facilement
primus : premier	*prim**um*** / *prim**o*** : premièrement
multus : nombreux	*mult**um*** / *mult**o*** : beaucoup ; très
parvus : petit	*parv**um*** / *parv**i*** : peu ; de peu de prix
brevis : court	*brev**i*** : brièvement

2. Les degrés de l'adverbe

➤ Le comparatif de l'adverbe correspond souvent au neutre singulier du comparatif de l'adjectif : *felic**ius*** (n. sg. de *felicior*).

➤ Le superlatif correspond au superlatif de l'adjectif, avec la désinence **-e**, substituée à la désinence **-us, -a, -um**.

Voici quelques exemples d'adverbes avec leurs degrés :

Positif	Comparatif	Superlatif
feliciter : heureusement	*felic**ius***	*felic**issime***
bene : bien	*mel**ius***	*optime*
multum : beaucoup	**plus**	*plurimum*
magnopere : grandement	**magis**	*maxime*
paulum/*parum* : peu	*minus*	*minime*
saepe : souvent	*saep**ius***	*saep**issime***
diu : longtemps	*diut**ius***	*diut**issime***
prope : tout près	*prop**ius***	**proxime**

3. Les adverbes corrélatifs

Interrogatifs	Démonstratifs	Relatifs	Indéfinis	Relatifs indéfinis
Adverbes de lieu				
Ubi? où?	*ibi* là *ibidem* là même *hic, istic, illic* ici, là, là-bas	*ubi* où	*alicubi* quelque part *ubique* partout *alibi* ailleurs	*ubicumque* partout où, en quelque lieu que, n'importe où

Quo? (vers) où?	*eo* (vers) là *eodem* (vers) le même endroit *huc* (vers) ici *isto, istuc, illuc* (vers) là	*quo* (vers) où	*aliquo* (vers) quelque part *alio* (vers) ailleurs	*quocumque* (vers) quelque lieu que ; (vers) n'importe où
Unde? d'où?	*inde* de là *hinc* d'ici *istinc, illinc* de là	*unde* d'où	*undique* de partout *aliunde* d'ailleurs	*undecumque* de quelque lieu que ; de n'importe où, de partout où
Qua? par où?	*ea* par là *eadem* par le même endroit *hac, istac, illac* par ici, par là	*qua* par où	*aliqua* par quelque part *alia* par ailleurs	*quacumque* par quelque lieu que
Adverbes de temps				
Quando? vers où ?	*tum, tunc* alors,	*cum, quando* que	*aliquando* parfois	*quandocumque* toutes les fois que
Quotie(n)s? combien de fois ?	*totie(n)s* autant de fois chaque fois	*quotiens* (chaque fois) que	*aliquotiens* quelquefois	*quotiescumque* autant de fois que
Quamdiu? pendant combien de temps ?	*tamdiu* aussi longtemps	*quamdiu* que	*aliquamdiu* pendant un certain temps	
Adverbes d'intensité et de quantité				
Quam? combien ? à quel point ?	*tam* autant	*quam* que		
Quantum? dans quelle mesure ?	*tantum* tellement	*quantum* que	*aliquantum* dans une certaine mesure	
Adverbes de manière				

Quomodo? ut? comment ?	*sic, ita* ainsi de telle façon	*ut* que	*utique, ut-pote* d'une cer-taine manière	*utcumque quomodocum-que* de toute façon, de quelque façon que
Cur? quare? quamobrem? pourquoi?	*quare* c'est pourquoi			

4. Les particules négatives

Non non ; ne... pas	- portant sur un seul mot, elle le précède immédiate-ment ; - portant sur la proposition, en tête ou devant le pré-dicat.
Nec/neque (= et non), et non ; et ne... pas	- à la fois liaison et négation ; - dans une énumération : *nec/neque... nec/neque,* ni... ni...
Ne ne... pas	En tête d'une proposition : - indépendante ou principale exprimant une volonté ; - subordonnée de but négatif ; - subordonnée complétive d'un verbe de crainte ; - subordonnée complétive d'un verbe de doute, empê-chement ou refus.
Neu/neue (= et ne) et ne... pas	- généralement équivaut à *et ne* ; - dans une énumération : *neu/neue... neu/neue,* ni... ni... ; - après une affirmation, on rencontre aussi *nec/neque.*
Haud ne pas; non	- pour nier un seul mot (adjectif ou adverbe) - dans des expressions.
Nisi, ni si ne ... pas	- dans les subordonnées conditionnelles.

Négations composées	Pronoms et adverbes à sens négatif : ***Nemo*** : personne. *Nemo venit* : personne **n**'est venu. ***Nullus*** : pas un ; aucun ***Nihil*** : rien ***Numquam*** : ne... jamais ***Nusquam*** : nulle part ***Nondum*** : ne... pas encore ***Ne quidem*** : ne ... pas même	
	N.B. - La négation n'est pas répétée, comme en français. - Ces pronoms et adverbes sont rarement précédés de **et.** Le latin emploie plutôt : ***neque quisquam*** : et personne, plutôt que ***et nemo*** ***neque quicquam*** : et rien ***neque umquam*** : et jamais ***neque usquam*** : et nulle part	
Négations accumulées	Dans une même proposition, deux négations se détruisent en marquant une insistance. ***Nec*** *hoc ille* **non** *vidit* (Cic., *Fin.,* 4, 60) : Et il n'a pas été sans voir cela (= Et il a très bien vu cela. Les négations se détruisent).	Si la seconde négation est ***neque... neque ; neue... neue ;*** ou ***ne... quidem,*** elle renforce simplement la première. ***Nihil*** *est illo mihi* **nec** *carius,* **nec** *jucundius* (Cic., *Fam.,* 13, 1, 5) : Rien ne m'est ni plus cher ni plus agréable. (les négations se renforcent).

5. Les particules interrogatives

Interrogations simples	
-ne ? est-ce-que ?	- jointe au premier mot, ne préjuge pas de la réponse. *Vis**ne** fortunam experiri meam ?* (Cic., *Tusc.,* 5, 61) : Veux-tu faire l'expérience de ma condition ? (introduit aussi une interrogation indirecte)

Nonne ? n'est-il pas vrai que ?	- préjuge d'une réponse affirmative. ***Nonne*** *meministi ?* (Cic., *Fin.,* 2, 10) : Ne te souviens-tu pas ? (=tu te souviens tout de même bien ?) (rare dans les interrogations indirectes).
Num ? est-ce-que par hasard ?	- préjuge d'une réponse négative. ***Num*** *quis est hic alius praeter me atque te ?* (Plt., *Trin.,* 69) : Y-a-t-il vraiment ici quelqu'un d'autre que toi et moi ? (introduit aussi une interrogation indirecte).
An ? mais est-ce-que ?	-marque indignation ou surprise. ***An*** *tibi irasci videmur ?* (Cic., *Tusc.,* 4, 55) : Mais vraiment, avons-nous l'air d'être en colère ? (introduit aussi une interrogation indirecte).
Interrogations doubles ou disjonctives	
Utrum... ***an... ?*** est-ce-que... ou bien... ? ***-ne... an... ?*** ***ø... an... ?*** ***Utrum...*** ***annon ?*** est-ce-que... ou non ? ***-ne... annon ?*** ***ø... annon ?*** est-ce que... ou non ?	- Dans les interrogations envisageant deux solutions, la 1ère est introduite par ***utrum*** ou ***-ne***, ou rien, la 2ème, par ***an,*** éventuellement ***annon*** : ou non. ***Utrum*** *defenditis plebem* ***an*** *impugnatis ?* (Liv., 5, 3, 7). Défendez-vous la plèbe ou l'attaquez-vous ? *Eloquar* ***an*** *sileam ?* (Virg., *En.,* 3, 39). Vais-je parler ou me taire ? - Dans les interrogations indirectes, ***necne*** remplace ***annon***.

VIII. LA PREPOSITION

La **préposition** est un mot invariable, suivi d'un nom (ou de son substitut), avec lequel elle forme un complément (syntagme prépositionnel).

> La plupart des prépositions régissent toujours l'accusatif.

> Un nombre limité de prépositions régissent toujours l'ablatif.

> Les prépositions *in, sub, subter, super,* régissent l'accusatif quand elles signifient une direction, et l'ablatif quand elles signifient une situation.

> Certains noms, figés en préposition, sont précédés du génitif.

> Certaines prépositions peuvent aussi être employées seules, avec une valeur d'adverbe.

Prépositions qui régissent l'Accusatif	*ad*, auprès, chez, pour. *adversum, adversus*, contre, vis-à-vis. *ante*, devant, avant. *apud*, auprès, chez. *circa*, auprès, environ. *circiter*, environ, à peu près. *circum*, autour, alentour. *cis, citra*, deçà, en deçà. *contra*, contre, vis-à-vis, à l'opposé. *erga*, envers, à l'égard de. *extra*, hors, outre, excepté. *infra*, sous, au-dessous. *inter*, entre, parmi. *intra*, dans, au-dedans, dans l'espace de. *juxta*, auprès, proche. *ob*, pour, devant, à cause de. *penes*, en la puissance de. *per*, par, durant, au travers de, pendant.

	pone, après, derrière, par derrière. *post*, après, depuis. *praeter*, excepté, hormis, outre. *prope*, proche, près de, auprès. *propter*, pour, à cause de. *secundum*, selon, suivant, auprès de, le long de. *secus*, auprès, le long de. *supra*, sur, au-dessus de. *trans*, au-delà, par-delà. *versus*, vers, du côté de. *ultra*, au-delà, par-delà. *usque*, jusqu'à.
Prépositions qui régissent l'Ablatif	*a(b)*, de, du, des, depuis, par. *absque*, sans. *clam*, à l'insu de. *coram*, devant, en présence de. *cum*, avec. *de*, de, sur, ou touchant. *e(x)*, de, par. *palam*, devant, en présence de. *prae*, devant, en comparaison de, au-dessus de. *pro*, pour, au lieu de, selon, devant. *sine*, sans. *tenus*, jusqu'à.
Prépositions qui régissent l'Accusatif et l'Ablatif	*in*, en, dans, sur. *sub*, sous, au-dessous de. *subter*, sous, au-dessous de. *super*, sur, au-dessus de.
Prépositions précédées du génitif	*causa*, à cause de, en vue de, pour. *gratia*, en considération de, à cause de, pour.
Prépositions avec valeur d'adverbes	*contra*, en face. *contra* + Acc., en face de.

IX. LA CONJONCTION

La **conjonction de coordination** est un mot invariable, reliant (coordonnant) deux éléments de même fonction.

On peut distinguer des conjonctions copulatives, disjonctives, adversatives, explicatives et conclusives :

copulatives	*et, -que, atque/ac* : et
disjonctives	*aut, vel, sive, -ve* : ou ; ou bien
adversatives	*sed, verum, at* : mais ; *autem* : or, mais
explicatives	*namque, nam, enim, etenim* : car ; en effet
conclusives	*ergo, igitur, proinde, itaque* : donc ; par conséquent
N.B. Dans certains cas, on peut hésiter dans le classement entre adverbe ou particule ou conjonction : *non solum... sed etiam, cum... tum* : non seulement... mais aussi... (adverbe et liaison) ; *neque... neque* : ni... ni... (particule négative et liaison).	

La **conjonction de subordination** est un mot invariable, qui introduit une proposition subordonnée.

X. L'INTERJECTION

L'**interjection** est un mot invariable, sans fonction syntaxique, servant à exprimer l'émotion du locuteur. En voici quelques-unes, *exempli gratia :*

Pour marquer la joie	*O ! evax ! ho ! ha !*
Pour la douleur	*Hei ! heu ! ah ! helas ! ah, ah !*
Pour l'indignation	*Proh ! heu ! oh ! ah !*
Pour l'admiration	*Papae ! hui ! ô ! ah ! ha !*
Pour menacer	*Hei ! va ! malheur à !*

Autres interjections :
- *Age, agite !* : allons, eh bien !
- *Ave !* : salut, bonjour !
- *Ecce, en !* : voici, voilà !
- *Heu, eheu !* : hélas !
- *Vae !* : hélas !
- *Vale, valete !* : au revoir, adieu !...